교장 시인이 남기는 꽃잎 편지 같은 감성 시편

들꽃처럼 뭇별처럼

Like wildflowers and stars in full bloom

최만공 시집

들꽃처럼 묏별처럼

최만공 시집

초판인쇄 / 2018년 2월 5일
초판발행 / 2018년 2월 10일

지 은 이 / 최만공
편집주간 / 배재경
펴 낸 이 / 배재도
펴 낸 곳 / 도서출판 작가마을
등   록 / (제2002-000012호)
주   소 / (48930)부산시 중구 대청로 141번길 15-1 대륙빌딩 301호
　　　　　전화: 051)248-4145, 2598 팩스: 0510248-0723
　　　　　전자우편: seepoet@hanmail.net

정가 : 10,000원

국립중앙도서관 출판예정도서목록(CIP)

들꽃처럼 묏별처럼 = Like wildflowers and stars in full bloom
: 최만공 시집 / 지은이 : 최만공. ― 부산 : 작가마을, 2018
p. ;   cm .

표제관련정보 : 교장 시인이 남기는 꽃잎 편지 같은 감성 시편
ISBN 979-11-5606-098-7 03810 : ₩10000

한국현대시[韓國現代詩]

811.7-KDC6
895.715-DDC23   CIP2018004095

※ 이 도서의 국립중앙도서관 출판예정도서목록(CIP)은 서지정보유통지원시스템 홈페이지
(http://seoji.nl.go.kr)와 국가자료공동목록시스템(http://www.nl.go.kr/kolisnet)에서 이용
하실 수 있습니다.(CIP제어번호: CIP2017034535)

교장 시인이 남기는 꽃잎 편지 같은 감성 시편

들꽃처럼 뭇별처럼

Like wildflowers and stars in full bloom

최만공 시집

작가마을
도서출판

| 프롤로그 / Prologue |

학교는 지식과 지혜의 궁전과 같습니다.
세상도 학교와 같습니다.
여기에 충만한 모든 것은 경이로움의 대상이 됩니다.

비록 시성詩聖이 아니더라도
교육의 풀숲에서 길러낸
작은 유레카! 나만의 언어와 노래
그것은 고유한 가치의 탄생으로
누군가에게 유열愉悅을 줄 수 있지 않을까요?

이 시편 모음집을
교육을 존중해주시는 모든 분들에게
교육의 길에 힘이 되어주신 벗님들, 선후배님들
스승님들께 겸연쩍게 바칩니다.

무엇보다 지난 날 교육의 뜨락에서
나와 함께 고운 인연을 맺은
제자들에게 꽃잎 편지 보내듯 띄워 보냅니다.
들꽃처럼 뭇별처럼 피어나라고,
고맙고 사랑했노라고

그리고, Soli Deo Gloria!

* '들꽃처럼 뭇별처럼 피어나라'는 교직 첫해 맡은 학급의 급훈이었음

2018년 2월 초 록 솔 드림

들꽃처럼 뭇별처럼

들꽃처럼 뭇별처럼

|제3부| 잎들의 평화

|제4부| 하늘 신앙

|제1부| 꽃비 내리는 봄 정원

작은 수선화

이른 봄
옹기종기 노란 꽃무리 이루어
봄비 속 더욱 다소곳한 자태로
노란 웃음 짓는 작은 수선화여!

작년 이맘때 심을 때
한해살이로 끝날지
과연 내년에도 뿌리의 약속을 지킬지
의구심 일었으나

꽃 시든 여름의 상실
바람 부는 가을의 망각
언 땅 속 갈무리 된 꿈에 대한 염려
꽃 보기도 잊었는데

꽃 시샘 바람 불어도
아직 언 땅, 덜 풀린 흙더미를 밀치고
함초롬히 제자리 지켜
노란 꽃 피워 지켜내는 곱디고운 너의 진실

봄 숲

키 큰 곰솔나무들 빼곡한 숲
푸른 그늘엔 봄바람 살아나고
촉촉한 풀밭 위 여기저기 솔방울들
겨울잠의 허물을 벗은 듯

이전 저런 키 작은 나무 가지들도
새잎 촘촘히 붙여
산 개울 물소리 듣는 양
시냇가로 뻗어 가고

길섶엔 여기저기 진달래꽃 길손을 맞으면
물 오른 풀 언덕엔
산비둘기 한가로이 풀씨를 쪼며
호숫가 둘레 길 즐비한 벚나무들
수만 개의 꽃송이들 화려한 데

꽃구름 푸른 먼 산허리는
봄의 산수화 마냥 색조조차 그림 같고
겨우내 기다렸던 산마을의 보람인지
사랑을 느껴 가슴 설레게 하는구나

철쭉의 노래

4월에 흐드러지게 핀 철쭉이여!
진홍색, 연분홍 꽃 무리를 이루고
봄바람도 귓가를 스치니
꽃노래가 따로 없네

내 마음 하모니카 하나 꺼내들고
지상 너머 저 천국에서 부를
사랑의 노래, 가슴 뭉클히 연주해볼까

다섯 부드러운 꽃잎
노래하는 입술 인 듯 살며시 손대어 보고
너희 찬란한 꽃 잔치의 하모니를
사랑으로 이어받아

한 나절 철쭉 그 찬란한 환희를 보았으니
이제 밤낮으로 더욱 행복에 겨워
지상에서 후회 없이 꽃 천국을 살아보리
그대 이름은 자산홍 紫山紅

봄 호수

1.

꽃피고 새 노래하는
산자락 호숫가

산그늘 꽃나무 그림자
수면에 거울 보듯 드리우고

가만히 있는 봄 동산마저
물그림자로 몸 깊이 담그며

2.

잉어들 물속에서
하늘 나는 새 마냥 무리 지어 느긋하고

지상의 봄 천국을
수중 궁궐로 데칼코마니 한 듯

파르르 파르르 물결 그림자
네 마음의 장단이듯

3.
그 높고 먼 하늘에서
봄 산 데우는 태양마저

네 부드러운
호수의 품 안에 고이 모셔 들여

네 눈동자 마냥
붉게 반짝이는 정열의 흔적

4.
둘레 길 돌고 도는
사람들의 고운 새 봄도

찬란한 탄생의 산 고을 기운
물빛으로 오롯이 담아

네 가슴에도 터지는 꽃망울
아! 산 속 호수에 반향 될까 봐

동백꽃 나무

벗꽃이 진 자리 꽃샘 바람 찹찹해도
크게 자란 동백나무 얼마나 훤칠하고
윤기나는 초록 봄 잎도 고운데
동백꽃은 툭 터져 가지마다 붉게 붉게 만발했네

붉고 큰 꽃송이는 장미를 방불하고
가지마다 대여섯 송이씩 수십 가지마다
흐드러져 밝고 농염하니 봄 색은
동백에서 초록빛과 함께 빨갛게 익어간다

어릴 적 봄비 속에 이웃집 고운 담장 너머
뻗어 나온 가지마다 활짝 핀 꽃 잔치에
발길 멈추었던 봄의 기억 아련하나
오늘 키 큰 동백 꽃나무 멈춰 바라보며
나는 고요히 봄의 노래를 흥얼대본다

봄의 나그네여
지금 가장 아름다운 꿈과 사랑을 가졌다면
동백꽃 초록 잎들 속에서 붉게 타오르듯

우리 함께 아름다이 곱게 물들어 가세
이 봄날에

풀꽃의 탄생

너희들이 봄볕 아래 흙에서
파릇파릇 돋아나는 것은 이해하겠다

그러나 육교 난간 시멘트 틈새에서
피어난 작은 민들레는 도데체 어찌된 일이냐?

사실 흙 속에서 지독한 겨울에 동면을 하고
모질게 푸르러 가는 너희도 장하기는 하지

하지만 그 좁은 틈새에 피어난 노란 민들레 집에
누가 흙을 날랐으며 누가 물을 주었을까?

스치는 봄바람에게 물어볼까?
봄 햇살에 웃고 있는 구름과 봄볕에 물어봐야지

+ 온천장 윤슬거리에 게시 중인 시

꽃 비 내리는 봄 정원

1.
간밤에 봄비 내린 후
아침 햇살은 나뭇가지 사이로
눈부시게 반짝이네

벚꽃이 꽃비 되어 내린 토지의 살갗 위엔
화전 위 꽃잎처럼 이쁜 꽃잎 누워있고
나무 아래 한 소녀 양 팔 벌려
이슬 빗방울 내리듯 천천히 떨어지는
꽃 비 맞으며 기뻐하네

나무 가에 서늘한 아침 기운 감돌고
새들의 지저귐은 멀지 않는 풀섶에서
재잘재잘 들려오네

벚꽃 잎 미안스레 밟고
아침에 안부 물었던 고운 벗의 소식을
다시 떠올려 보네

2.

햇빛 고요히 내려앉는 운동장 가에
웬 까치 한 마리 톡톡 입질하고

학교 사철나무 울타리 따라 내려가면
느티나무 아래 로제트 잎 민들레 쑥들과
연두색 풀밭 융단이 어느 새 펼쳐졌네

겨울 지난 히말라야삼나무 가문비나무도
비에 적어 더욱 싱그럽고
긴 겨우내 인고가 지겨운지 기지개를 켜고 있다

3.

어제 벚꽃나무 아래 남녀 학생들 모여
환하게 기뻐하며 즐거워하던 모습
오늘도 점심 휴식시간엔 지켜봐야지

봄이면 저 너머 먼 산조차
마을로 놀러온 듯
배움터 정원이 온통 초록의 천지구나

봄비에 벚꽃 피고 지는 잔치 마당에
여학생들 머리에 꽃비녀 하고
남학생들도 벚나무 아래에서
함께 덩실덩실 기뻐하네

가슴 설레는 봄의 뭉클함이
귓가에 노래되고 눈빛으로 시가 피어나는
청소년들의 낙원, 우리들의 아침 정원에서
봄의 찬가를 부르자

처서處暑
- 가을이 오는 길목

모퉁이 풀숲에서
산비탈 풀 언덕에서
아파트 긴 숲길 나무숲에서도
뜨르륵 뜨르륵
찌리릭 찌리릭
여러 풀벌레 합창 소리

어제는 여름 마지막 비바람에
풀숲과 산언덕 중턱엔
풀들과 나무숲엔 물기 천지인데
풀벌레는 어디 있다 나타나
아침부터 연주를 시작하는가

쪽빛 아침 하늘빛 드맑고
뭉게뭉게 쌓인 구름 가장자리로
빨간 햇살은 곱디고운데
풀숲을 지나온 길손의 귓가에
아직도 똑같은 박자로 울려오는
풀벌레 소리

내 마음엔 살포시 구름 피어나고
가을 소리는 내 마음에 여울져 감돈다

상사화

8월 중순 가랑비 내리는 꽃밭에서
화사한 꽃다발 촉촉이 비에 젖으면
곱고 화사하나 눈물 맺힌 꽃잎 얼굴들이여
매끈한 꽃대는 그리움처럼 길기만 하다

모든 사랑들은 예나 지금이나
사랑을 깨닫는 자의 가슴에서 탄생한다
그리운 사랑은 마음 바닷가 모래펄에서
밀물되고 썰물 되어 밀려오고 밀려간다

올해도 잠깐
꽃 무릇 피고 곧 이울겠지만
긴 그리움의 지나온 날 속에서
사랑은 화석처럼 단단해진다

모든 사랑은
비 눈물에 적신 모나리자의 눈매로 내게 온다
나도 그 원형의 이데아를 향해 달려간다
상사화 피고질 때 가슴 울렁이게 한다

가을 언덕

늦가을 비 내리는
가을 산언덕
나무들 비탈에서도 여름을 살았구나

지난 여름 비바람에 쓰러진
나무 두서너 그루
아픈 듯 비스듬히 누워 있으나

지금 낙엽지고 헐거운 높은 나무 가지 사이
새집 하나 고이 보듬은 나무가
외로우나 장하기도 하지

산언덕 자락엔
아직 초록을 지키는 푸른 잎사귀들
가을비에 말갛게 세수한 듯
내 마음도 맑아지네

늦가을 가로수 길

가로수 길섶 나란히 서있는 은행나무들
사랑스런 밝고 환한 노란 잎들
그 화사한 빛에 마음도 덩달아 환해진다

향나무, 동백나무, 히말라야 삼나무
이 계절에는 푸르디 청청한 녹색이
단풍나무, 느티나무들의 붉고 고운 색채의 세상에
그저 추임새 같아 보인다

키다리 후박나무 꼭대기에서
작은 톨새들 낮은 풀숲으로 몸을 숨기고
드문드문 들리는 노랫가락은
봄날의 수다가 아니다
고요하고 살포시
낙엽이 새소리 리듬 따라 춤추며 하강한다

버스 정류소에는 봄날 같은 앳된 아가씨들
버스를 기다리고 있다
가을과 꼭 닮은 중년 여인들과 아저씨들이
정류소에 우두커니 서있다

계절의 시계는
뺨에 스치는 바람과 물든 단풍 색으로 또렷하고
큰 종소리가 도시의 하늘에 울려 퍼지듯
마음이 밝으니 계절의 어떤 시각에도
나는 노래할 수 있다

추석 날 아침 동산에서

이슬 머금은 잡풀들은
지난 번 보다 훨씬 자랐고
이젠 열매를 맺어 있네

벤취에 앉아 철학책을 읽고 있노라니
연못 분수가 뿜는 시원한 물살에
잉어의 비린내도 잊었네

체육공원으로 가는
계단 길과 숲길을 올라가노라면
화가가 따로 없네
눈에 보이는 이곳저곳의 작은 풍경들이
원근법으로 나타난 그림이 되어
내 마음에 그려지네

어려운 책들이 잘 이해가 되고
내 나이를 잃고 청소년처럼
이런 저런 계획을 해보네
한번 뿐인 삶의 길에는
그때 그때 할 일이 있건만!

그래도 아직 내가 할 일들이
공원에서 다시 정리되어지네
평화로운 마음 속 오롯한 꿈과 희망이
찬란한 아침 햇살 속에 묻히네

겨울 들판

누렇게 마른 잡풀 섶에서
까투리 눈꼽도 떼지 않고 날고

산비탈 헐벗은 나무 정수리 가지 사이
까치 한 쌍 나뭇가지 물어 나르며
오붓하게 오월을 준비하는데

높은 하늘엔 철새들 황홀하게 나타나
먼 구름 속으로 바람길 따라 길을 나선다

봄기운 남풍에 실려 햇살 타고
누리에 반짝이면

마른 들판 까투리 소리에서
들려오는 봄을 부르는 소리 꺼억꺼억

신방도 준비하며 오월을 기다리는
애틋한 까치의 사랑 알콩달콩

어느 들 자락에서 바람이 일 때
숲에서 비상하여 꿈의 영토 새 하늘 속으로
가없이 훨훨 날아 길 떠나는 철새들의 꿈을 따라

파란 물가, 초록의 낙토를 향해
아득히 비상하는 봄을 향한 나래 짓
겨울 들판에서
나는 새의 가슴이 된다

겨울 대추나무

아침 햇살 메마른 대추나무 쪼이면
코발트 빛 겨울 하늘 향해 아른대는
대추의 꿈들이 피어난다

산 계곡에서 달려 내려온 시린 바람
대추나무 가지에서 놀다간 자리
아침 햇살이 줄기와 가지를 보듬어 주면
봄도 대추나무에서 숨박꼭질한다

입춘 지나 간밤에 내린 겨울비
봄비 되어 반갑고
겨우내 부르튼 네 살갗에 물약 발라
위로해주나
긴 겨울잠에 졸려 아직 이른 때라고

꽃샘바람 손과 팔, 어깨를 흔들어 깨우는 데
실눈이라도 떠서
겨울이 떠나가는 먼 산도 보고
파란 높은 하늘 산새들의 나래 짓도 보렴

저만치 매화의 꽃 웃음과 함께

인고의 긴 잠 봄빛에 눈부셔

조금씩 깨어나는 푸르런 잎의 꿈이여

나무

나뭇잎은 나무의 면류관
가지들 하늘 향해 쫙쫙 펼쳐 들어
풍성한 잎들의 고요 속에
태양과 바람도 머물러 초록의 극치에 도달한다

나무들은 지난 겨울잠에서 꿈꾸었던 게
뜨거운 태양으로 달구어지는 여름 햇살
그 정열의 절정을 갈망했나보다

키 작은 관목들도
봄에 예쁜 꽃 브로치들로 피고지지 않았는가
이 가을에는 풍성한 잎들이 낙원을 이루니
지난 봄 여름의 힘들고 어려웠던 때를 회상해보자
이것은 절정을 위한 단계였던 게 분명하다

가을이 오는 지금
도시의 지상은 나무들이 면류관으로 완성된다
나도 한 해의 고통과 눈물, 아픔들을 챙겨본다
나에게도 인생의 절정, 그 면류관의 자리가 있다

|제2부| 교정에 살구꽃 피었네

난에 물을 주며

난분은 몸이 가벼워질수록
주인을 부른다

미뤄둔 손길 아차 싶어
아기 다루듯 물을 주면

하얀 마사도
물 머금는 소리를 내며
금방 본래 갈색 낯빛으로
웃음짓는다

매끄러운 녹색 잎새 옆에
연두색 낯 내민 두 세개 새 촉들이
인사하듯 부드럽다
가슴 속에 움돋는 향기로운 난 빛 희망

난향

새촉이 나오더니만
아직 정월인데
햇살 한 모금 쉬다간 창틀 가에서
춤추듯 다섯 꽃잎 펼쳐
고운 여인의 분향으로 다소곳하다

촉대 가지 끝 한 송이에서
줄기 타고 내려오며
송이마다 춤추듯 이러저리 덩실덩실

꽃송이마다 빼어난 두 꽃잎의 후광 아래
웃음짓다 내보인 이쁜 꽃혀와 꽃술 아래
향기 묻어 울려오는 가야금 소리 은은한데

기름진 난잎 사이 푸른 햇살도 숨을 고르면
꽃대는 가느다란 상사화 줄기 같아라
향기로 맴도는 그리움의 저 편

내 마음 깊은 골짜기로 내려앉은
어여쁜 추억의 향기 한 모금
고요히 햇살 타고 방긋 미소 짓는다

교정의 아침

봄이 오는 교정의 나무 밑에 서보자
그대에게 들리는가
작고 이쁜 새들의 아침 노랫가락이

봄 빛은 꽃샘추위에 떨며
학교 건물 지붕을 너머 비스듬히 내려와
마른 나무 가지들 끄트머리마다
올망졸망 빨간 꽃망울들에서 미끄러지는 데

누런 잔디밭도 초록 새순 풀잎 반점들로
초록의 융단을 꿈꾸며
파란 하늘을 바라보며 웃고 있다

아침 수업이 시작되기 전
영어듣기 시간 이국의 발음들이
복도 유리창 너머 잔디밭까지 뛰어 내려오고

녹색 꿈나무들의 희망의 기운이
새들의 노래가 되어
교정의 아침 정원에 감돌고 있을 때

그대는 보는가
작고 이쁜 새들이
상록수 잎들 속 가슴 어느 메쯤
보금자리 틀었는지

교정에 살구꽃 피었네

겨우내 불어터 마른 가지마다
분홍빛 저고리 색 환한 등불켰네
필 땐 펑 소린 안냈지만
갑자기 등불 켜듯 확 피어 환하게
낮의 정원을 밝히네

파마한 어미니 고운 머리에
꽃 비녀 리본 얹은 듯 그 어려운 시절 인고를
자꾸 자꾸 곱다고 말해주고 싶네

살구꽃 환하게 켠 봄 등불 분홍빛에
어린 시절 엄마 부르던 내 고운 어머니
봄이 오는 정원에서 파마하고 서계시네

오늘 웬일로 학교에 몰래 오셔서
정원에서 봄 꽃등 아래 말없이 웃고 계시나
난 이제 학생이 아니고
이 학교 교장인데요

천이백 명 어린 학생들
모두 네 피붙이 아이들 아니냐
봄 볕 아래 고우나 든든하게
교정을 밝히는 분홍 살구꽃 피었네

백일홍

한 여름
그 뜨거운 폭염 속에서
그을리기는 커녕
오로지 붉게붉게 물들고 있었다

매끄럽고 부드러운 살색 피부
발레 하듯 하늘 향한 너의 자태
그 뻗어 올려 펼쳐낸 너의 손가락 끝마다
몽실 몽실 꽃무리
진홍색 꽃물이 뚝뚝 영글어지고

지나가는 길손의 마음으로
네 앞에 서면
낮게 추욱 꽃 손 내밀어
무언가 할 말이 있어 보였다

하얀 얼굴의 순백한 소녀
흰 이가 살포시 보이게 웃으며
꽃물 들어 스쳐오는 너의 꽃바람

온 몸으로 맞으며
네 곁을 지난다

작은 나비들이 밤새 잠든 곳

작은 나비들이
밤새 잠든 곳은 어디일까

아침 목마른 화단을
물보라로 적시면
꽃잎들 나뭇잎들
향기 이불에서 포르르 포르르

시를 쓰던 빨간 만년필
잃은 줄 알았는데
밤새 책상머리에서
제자리 지켜 미소 짓고 있듯

숨어있어 보일까말까 한
시편 한 조각
아침에 나래 펴다

아이들 예찬

아이들은 제 얼굴로
제 속마음을
고스란히 드러내 보이지

어른이라면 조금씩
숨기기도 하고
나타내기 어려운
그 앳띤 속마음

아이들 시절
너희들의 손짓, 눈짓
모든 행동은
하늘이 너희들에게 내려주신 선물

어른 나라에 함께 사는
소인국의 왕자와 공주들 같아
신기하고 귀여운
아이들의 얼굴들

아침 기도

1.
주님!
이른 아침 이 고요 속
첫 시간 첫 내면의 음성으로
몇 가지 소원을 기도드립니다

천이백 명의 학생들을 지켜 주시옵소서
오늘도 꿈을 향해서
하루를 차분히 열어가는 어리고 여린 영혼들,
우리 학교에서 저들 학업의 발돋움을 도와
영혼의 참된 성장이 있도록
보살피게 해주시옵소서

백여 명의 교직원을 지켜 주시옵소서
이 시대 참 스승으로서
우리 선생님들의 가르침을 통해
제자들이 세상에서 가장 소중하고
위대한 지식과 지혜를 터득하도록
인도해주시옵소서

2.

청소년 시기에 미래에 대한 호기심과
삶을 빛나게 하는 영감이 발현되어
저들이 감동되고 학창시절을
진정으로 감사하게 하옵소서

또 한 켠에서 고요히 출납금을 수납하고
책걸상, 사물함, 온갖 수리 보수작업을 하는
직원들의 말없는 땀 흘림이
오늘 하루도 고운 도움이 되는 것을
우리 모두 알게 해주시옵소서

조리실 숨 막히는 더위 속에서
정성을 다해 땀 흘리며 일하시는
이모님들의 손길을 통해
맛있는 점심과 저녁이 마련되고
육신의 건강과 살아가는 새 힘을 위한
양식이 만들어짐을 알고
감사하게 해주시옵소서

흙먼지 화장실 가장 후미진 곳까지
청결과 미화를 위해
말없는 닦고 빛나게 해주시는
미화 아주머님들의 착한 손길로 인해
구석구석이 환해져 온 세상이 맑아지는 것을
우리 모두 감사하게 해주시옵소서

3.
학교와 교육이란
참된 배움을 위해
모두 제자리에서 땀 흘려 일하고 도울 때
비로소 피어나는
노고의 산물이란 것을 깨닫게 됩니다

요즘은 무척 더웠습니다.
사랑하는 제자들을 고요히 생각해보면
저들은
여름 정오 작렬하는 태양 속에서도
제 모습으로 더욱 피어나려는
백일홍 꽃들 같습니다

우리 모두는 각기 제자리에서
맡은 일에 충실하며
틈틈이 진분홍 저 백일홍을 바라보며
참 아름답다고 노래하고 싶습니다

주님!
백일홍이 저렇게 의연하듯
백일홍 같은 우리 모두의 꿈과 소망
무엇보다 사랑하는 제자들
저들 각자의 영혼의 하늘 위에
꽃 무더기로 피어나
저 뭉게 꽃구름처럼 찬란하게
빛나게 해주시옵소서

들꽃처럼 뭇별처럼

까까머리 중학생 시절
자기 반 급훈을
수십 년 가슴에 심어
자신을 그렇듯 피어나게 해주셔서
감사합니다는 그대의 고운 언어

교실 흰 벽 못에 걸린
사각 유리액자에 담겨있던 글귀
들꽃처럼 뭇별처럼 피어나자
그저 한 일 년 보았을까 되뇌었을까
삼십여 년이 지나 오늘
그대 가슴에 그 글자들이
꽃과 별이 되었다니

바람 부는 넓은 들녘에서도
들꽃은 무리지어 아름답고 순수하다
은하수 길 옆 밤하늘에서 초롱초롱
해맑은 별 떨기가 사는 하늘이 정겹다

아! 이제 가슴에서 먼 인고를 지나
비로소 자라난 들꽃과 뭇별이여!
푸른 들판과 맑은 밤하늘이 하나되듯
우리 모두 하나가 되는 오랜 급훈의 찡함
그대 가슴에서 우리 가슴으로

과학 누리 1

콜롬버스가 대양을 너머
신대륙으로 간 것은
닐 암스트롱이 달에 첫발을 딛고
푸른 지구 별을 감탄한 것은
항상 너머의 것 너머 그 너머에 대한
동경 때문이리라

북극의 오로라가
기막힌 색상으로 빛나는 것은
남극의 해양기지에서 빙하가 굉음으로
무너져 내리는 것은
우주와 그 속 자연의 기막힌 얼굴과 인기척인 듯
과학자들을 부르는 손짓이랄까

짙고 깊은 대륙의 비숲 속
그 질퍽한 수림 속 오랑우탄과 온갖 동식물들이
긴 세월 공존해온 이유는
문명의 첨탑 위에 매달린 인류를 향한
지혜의 학교와 같다

대양과 달과 별, 우주와 은하계와 블랙홀이여
머나먼 별을 향한
우주선들의 비행이 지금도 계속되듯
인류를 위한 진실 게임의 지성들은 길을 떠난다
호기심과 탐구의 길로

과학 누리 2

어디 과학 세상 아닌 곳이 없네
사람 사는 모든 땅과 바다와 저 하늘도

눈에 보이는 모든 사물에 대해
곰곰이 생각하면 할수록
머리에서 가슴으로 차분히 내려와
길이 보이네 문이 열리네

사물의 중심과 보이지 않는 그것까지
반드시 드러나리라는 신념
기필코 드러내리라는 열정이 있는 곳에
과학은 길을 열고 문을 열어 보이네

어디 과학누리 아닌 곳이 없네
조상들이 빗어낸 해시계, 측우기, 거중기
모두 과학누리를 빛낸 고귀한 선물이어라

먼저 살다간 동서양의 위대한 과학자들이여!
그대들이 보고 느꼈고 열었던
자연의 길과 문들이여!

비 갠 초겨울 아침

밤새 내린 비 활짝 갠 아침
장산 봉우리 안개 자욱하고

학교 정원 금잔디 물 머금어 황금빛
아침 공기 맑고 서늘하다

반송 솔잎 가지들 끄트러미마다
송알송알 맺힌 물방울 진주알 같고

모퉁이엔 남천 열매 올망졸망
세수한 듯 붉기도 더하네

학교의 아침을 여는 사람들

이른 아침 정원의 크게 자란 잡풀들과
울타리목들을 전정하며 정원을 가꾸는 분들

등교하는 학생들을 사랑으로 맞으며
피켓을 들고 주차를 안내하는 선생님들

급식 검수를 해주시는 학부모님들
급식 물품을 검수하는 영양사, 조리원분들

운동장 스탠드 낙엽을 홀로
말없이 쓸고 정리하는 장애인 근무자 청년

늦게 온 학생들을 모아
한자쓰기를 지도하시는 선생님

영어듣기 시간에 학생들을 지도하며
학급을 보살피시는 선생님들

행정실에 먼저 오셔서 자리를 지키며
학생들의 불편을 잘 들어주시는 실장님, 직원들

밝은 얼굴로 출근하여 하루를 준비하시는
교감선생님, 부장님들, 모든 선생님들

학년실에 불을 켜고 추스르며
학년을 돌보시는 학년 부장님들

밝아지는 양운 건아들의 미래
행복으로 가슴 쓰다듬는 고운 아침
우리들의 희망이 꽃 피어나는 아침

새 아침이 밝았네

1.

새아침이 밝았네 온누리에 찬란한 햇살
푸른 꿈 젊은이여 힘차게 출발하자
마음 속 푸른 꿈은 앞날의 희망일세
사랑과 지혜, 근면, 덕성 찬란한 꿈을 향해

2.

새아침이 밝았네 온천지에 황금빛 햇살
푸른 꿈 젊은이여 두 손을 활짝 펴자
마음 속 푸른 꿈은 청운의 포부일세
용기와 성실, 인내, 진실 찬란한 꿈을 향해

+ 노래말, 2017년 아침, 해운대의 동녘 하늘을 바라보며 학생들을 위해
  지음

호연지기浩然之氣의 노래

1.
지리산 뻗어내린 험산 준령
지리산 천왕봉 호연지길세
학도여 시절쫓아 이 곳에 와서
한라와 백두의 정기를 모아

2.
지리산 솟아오른 푸르런 영봉
지리산 천왕봉 호연지길세
푸르런 꿈나무여 이 곳에 올라
태백산맥 백두대간 기상을 받아

〈후렴〉
이 나라 이 겨레의 앞날을 밝힐
미래의 큰 인재가 되도록 하세

+ 노래말, 2015년 지리산 학생수련회 기념으로 지음

|제3부| 잎들의 평화

시를 짓는 일

시를 짓는 일은
복사꽃 활짝 핀
나무 그늘 아래서 기뻐하는 일
아카시아 하얀 꽃 핀 나무숲에 누워
파란 하늘 바라보는 일
여름 장맛비 속을 우산도 없이 걸어보며
그 비 갠 하늘에 피어난 무지개를 찾아보는 일
갈까마귀 외로이 우짖는
갈대 무성한 무덤가에서 홀로 앉아 있어보는 일
동지섣달 추운 겨울 새벽 일찍 일어나
꿈 속에서 읊조렸던 시를 정리해보는 일

자신이 생각해봐도 내가 왜 이러나 싶어
정신차리자 하며 시를 다 버린 일
철학과 과학과 교육학과 신학을 공부하며
한없이 행복했던 일
다시는 시를 생각조차 않았으나
가끔 틈서리 고요한 시간에
시가 끄적거려졌던 일

나이가 들수록 시가 나를 찾아와 노크하는 일
이제 증발해버린 젊은 날의 애틋함을
찾기엔 오직 추억 속에서 가물거리는 일
그러나 뭔가 할 수 있을 것 같은 일

삶의 굴레에서 놓여 나는 나이에
시에 의해 장악되어 버리는 일
기도같이 은총 속에 시가 나를 사랑해주는 일
거룩하신 하나님께서도
이 사실을 인정해주시고
시로 노래하도록 격려해수시는 일
어리고 젊은 시절 시키잖아도 했던
그 시를 찾아 무의식적으로 방황했던
그 본능의 여정에 다시 서는 일
이제는 떳떳이 다시는 시를 버리지 않을 것을 믿으며
오롯이 시와 함께 노래하며 기뻐하는 일

먼 동경과 아득한 사랑과
신앙과 현실과 고뇌와 가장 심오한 것들까지
반추하며 죽을 때까지 시와 살아가는 일
내가 죽어서는 그 시들이 노래가 되어
누군가의 가슴과 입술에서 노래가 되는 일
천국의 문 앞에서 당신을 찬미했노라고
고백하는 일
맑고 밝은 날 느티나무 그늘 벤취에서
아름다운 영혼의 사람들에 의해 읽혀지는 일
가없이 높은 밤하늘 그 자리에서
영원토록 누군가들의 눈길과 영혼 속에 빛나는 일
시를 짓는 일

허리 통증

허리 통증은 호흡 중 호呼 하는 사이 맞는
침술로 다스리나
그 원인은 엉뚱한 것 같으나
소화되지 못한 위에 쌓인 음식물 때문일 수 있다는
한의사의 진단

안 아파야 하는 데 엄살같이 아픈 것은
소화되지 못한 스트레스
나의 은밀한 죄값
다 캐내어 토설치 못한 숨은 죄악들 때문

카페에서 차와 산딸기브리오슈 브레드 타임을 가지며
오랜 기억에 잃었던 소설 한 단락,
명시 한 구절을 휴식 속에 섞어
카페라떼와 마시며
통증의 렌즈로 세상을 다시 본다

카페에서의 모든 얼굴들은
꽃이 그 곱고 이쁨으로 그 이름을 알리듯
말없이 피어 제각기 꽃됨 아니 된 자가 없다

별 것 아닌 지극히 작은 아픔 덕분에도
아프지 않을 때 그렸던 그 정신의 정원들 보다
더 새롭고 숭엄한 정신의 집을 지어야 한다는
시의 선언을 한다

한의사의 조언
카페와 카페의 모든 얼굴들
향기로운 달콤한 빵들과 커피 향들로
일제히 자유의 공간에서 모든 것들이
가지런히 정리되어 나를 향한다
아픔 속에서 보였던
가파른 비탈 너머 무지개와
안 아플 때 안이했던
무모한 모험의 긍정 에너지도

시가 되고 소설이 되고
현재적 영생이 된다
아픔의 유익,
아직 아픔의 여진이 퍼지는 신경망을 따라
죽음이 내다보이는 가파른 비탈 인근에서
삶은 낯설게 나를 어루만진다

민트 향

새벽에 눈을 떠보니 도시는 밤새 잠을 못 들고 선잠에 졸고 있다 방안 어둠에 근근히 묻혀 있는 창가의 꽃식물들이 나를 어슴프레 반기며 안면을 묻는다 바키라는 잎에 묻은 어둠을 툭툭 털며 창가로 밀려오는 가로등 불빛에 눈이 부셔 긴 잎으로 눈을 비빈다 요즘 도시간판 네온사인들 밤길을 밝히는 불빛들은 어둠을 거부하고 남이 보든 말든 제 홀로 제 맘대로 촉광을 빛낸다 막 깨어난 눈에는 눈이 부시다 잘 자지 못한 불들의 저주인가 어둠은 두려움에 떨며 창가를 노크한다 호접란은 아직 방긋 웃지 않고 있다 난들은 어둠도 본체만체 한다 민트 향은 잎들이 어둠에 반쯤 젖어 있으나 창밖 눈부신 빛들이 달려와 얼굴을 만지자 깜짝 놀라 반쯤 민트 향을 발산한다 밤은 잠들지 못하고 도심의 불빛은 이미 잠들지 못해 별꽃이 아니다 별들만 은은한 불빛으로 밤하늘 우주의 암흑 속에서 깜박이고 있다 밤의 불빛은 낮의 햇빛과 바톤 터치를 한다 졸리면서 햇살에 젖어 드는 창가 식물들이 졸음을 털고 제자리를 지킨다 도시의 불꽃들이 별꽃밭들이 되고 도로의 차 불빛이 무지개 빛깔을 닮으면

한다 어린 왕자가 다시 방문하지 않더라도 불빛들이 민트 향처럼 은은한 향기를 내는 불꽃 식물이 되어 주면 한다 사람은 무엇으로 하루를 여는가 그리고 하루를 사는가 민트 허브는 늘 은은한 향으로 잠을 깨운다 곧 꽃의 불꽃같은 주황색 이쁜 꽃들도 피울 것이다.

미포 유람선

오륙도 돌아오는 미포 유람선
멀리서는 달리 보이는 광안대교, 장자산도
봄기운 내려 앉은 한 폭의 수채화 같다

갈매기 함께 나는 뱃길 따라
흰 갈매기 뽀얀 몸 털에서
그대의 속마음이 보인다

하늘 맞닿아 아스라한 수평선은
젊은 시절 먼 이국을 향했던 옛 동경이
그어진 획이 되어 내 마음을 적신다

잃어버렸던 희망과 사랑의 파편들이
바다 물빛 여울에 출렁이면
구름 조각들 속에서 숨바꼭질하는
지난 날 추억의 바닷빛 회상

뱃전 갈매기의 까만 눈과 마주치면
양력을 만드는 그 하얀 나래 짓에 실려
자꾸 날 따라오고야만 그대 아련한 눈빛

평안

몸이 아프신 어머님은
TV를 보시다가 방에 들어가
기도드리시고 주무십니다

교회에서 봉사하고 온 아내는
저녁 식사 잘 차려주고
이른 저녁부터 곤히 자고 있습니다

딸은 사위될 사람 고향에 가서
신랑 될 사람과 함께
그의 친구들과 저녁을 먹었다고 합니다

성경에서 일러 주신 평안이
이런 것이 아닐까 생각합니다
제 마음이 퍽이나 행복합니다

봄이 오는 길목

매화가 속살을 드러내고 활짝 피었습니다
산수유가 노란 꽃 리본들을 잔뜩 이고 있습니다
동백꽃이 초록 잎새 사이에서 빨간 얼굴을 내밀었
습니다
바라보는 철없는 내 얼굴을 봄빛이 간질입니다

교회 정원에 매화, 앵두, 청포도 모종들을 심었습
니다
거름도 뿌려주고 물도 듬뿍 주었습니다
작은 풀들이 초록 수염처럼 흙의 얼굴에 돋아나고
있습니다
봄볕이 내 몸을 데웠는지 그 날 밤엔 푹 잠을 잤
습니다

학교 화단에 삼년 째 수선화가 옹기종기 피어났
습니다
너무 신기해서 작년에는 문예지에 시로 축하해주었
습니다

햇빛 좋은 곳에 피어나고 있는 개나리 꽃색과 참
닮았습니다
올해는 너무 감사해서 선생님들에게 꽃 자랑을 해
댑니다

올해 봄이 무르익으면 딸애가 시집을 가게 됩니다
철모르고 살아오는 날들 같으나 딸애는 철이 들었
습니다
봄은 눈 뜬 이른 새벽
잠 속에서 읊조렸던 언어가 피어나게 합니다

노트 북 불빛 앞에서 또닥또닥 봄의 기쁨을 옮겨
봅니다
오늘은 당신께 용서를 구합니다
당신께 기도를 먼저 올리기 전에 먼저 봄을 생각했
습니다
봄의 입김 같은 언어가 증발할까봐였습니다

그런데 봄을 몰고 오신 분은 당신이셨습니다.

구재봉의 아침

밤 지나 이른 아침을 여는
산 속 매미들의 합창
구재봉 산허리 늘씬한 낙엽송들
청솔들, 아침 기운으로 의연한 듯

산자락 그 푸른 산막 속에서
울려 퍼지는 반복되는 음파는
도심에서의 응어리를 풀어 헤치게 하는 듯
산의 소리에 쫑긋한 내 마음 속 더듬이

내 삶도 어제나 그저께나 반복이었는 데
온통 질펀한 수림樹林 의 그 어둑한 중심에서
새들을 풀어내는 산의 가슴
고요하고 청량한 바람 한 모금씩 토해내는
산의 콧김

매미들의 소란한 아침 합창의 이유는
산의 꿈틀대는 기운에 놀란 가봐
나의 어둑하나 푸른 내일

* 하동 구재봉 자연휴양림

초가을 산책길

푸른 나무들의 키가 저리도 큰 것은
우러러 하늘도 보게 함이요
푸른 그늘도 지어주기 위함이다

길섶에 푸른 관목들이 줄지어 서있는 것은
길손의 눈높이 맞추기 위함이요
나뭇잎 손 흔들어 푸른 향기 주기 위함이다

빈터 흙에 풀들이 흔들리는 것은
햇빛과 바람 한 모금 섞기 위함이요
때로 아픈 너의 마음 낫게 하기 위함이다

산책 길에 어린이 뒤뚱뒤뚱 걸음마 배운다
노쇠한 어르신들 흔들흔들 걸어가신다
나는 지금 이 자연의 성찬盛饌 속에서
허리 곧추세워 걸어가고 있다

이발

근 한 달 동안의 고뇌와 온갖 생각들이
귓바퀴도 덮을 무렵
제초기로 풀밭의 잡풀 자르듯
가지런히 단정하게 단장을 하는 시간

다가오는 새 한 달에는
모근에서 시작되는 생각의 뿌리들
옥토에서 자라 푸르고
때깔 좋은 꽃들과 열매로 무럭무럭 자라라

까까중머리 시절 엊그제 같은 데
언제부터인가 허한 정수리
뒷통수 옹달샘 흔적에 두피 맛사지를 받으면
칠월의 푸르고 향기 그윽한 풀섶인 양

겨울에 빈 터로 메말랐던 허한 자리에서
향기로운 풀잎 향 사뭇 감돌아 흐르고
청순한 새 소리 울려나는 푸른 풀잎 더미 속 같이
모발의 숲 속에서도 사색의 푸른 바람 흘러라
곡조 흥겨운 생각의 나래 훨훨 노래도 되어라

잎들의 평화

나뭇잎들이 이렇게 편안함을 주는 것은
너희들은 하나라는
단순함을 지니기 때문일까

한 나무에 하나의 잎 모양
단지 크고 작을 뿐
수만 개의 잎들이 무성해도
오직 하나의 모양새

너희들을 지탱해주는 나무둥치와 가지도
하나의 이름으로
꼿꼿이 서서 팔 벌려
비바람, 뙤약볕, 태풍도 견딘다

얽히고 설킨 것 같으나
진실이 하나이듯
잎들은 평화를 잉태하고 있다

잎들의 자유

너희들은 이 곳 저 곳에서도
마음대로 맘껏 자라
풀밭을 논밭을 강변 풀섶을
멀리서 오가는 저 푸른 산등성이들과
철길 옆 푸른 둑길을 이룬다

경부선 객차 내 창 밖으로 보이는
시간 속 긴 풍경들이 창틀 액자 내
가슴 찡한 풍경화로 수 만가지 컷으로
오가는 것은
볼 때마다 새로워도
그건 오직 초록빛 생명의 빛깔로
온 대륙의 표피를 단장한 너희들의
아름다운 자태 때문이리라

가을이 오색 물감의 두껑을 열려는지
해시계의 시각을 확인해보려는 듯
먼 하늘 보면
구름은 하늘 나직이 온통 해시계의 침을
감춘 흐린 날로 가로막고 있으나

비구름 돌아간 하늘 자판엔
낮 내미는 파란 하늘과
이젠 노숙히 익어 들판의 너희들을 말려줄
따사로운 가을 햇발 기대하는 듯
푸르게 푸르게
초록빛 더욱 싱그러이
온누리 약동하는 너희들의
푸른 자유

가을비 내리는 고속도로

가을이 비에 묻어오는
국토의 혈맥에는
비는 여름 경기의 폐막식 후
하늘의 상급인 듯
들판의 벼들은 목마른 가뭄에 기뻐하고

산비탈 풀들의 잔치
길 옆 나무들의 마지막 푸르럼은
저 먼 안데스 숲들 마냥 신비를 머금고

톨게이트를 통과하고 터널을 지나며
규정속도 100km
급커버 주의, 2km 앞 인생휴게소
행복과 희망 넘치는 곳이라는
네비양 낭랑한 안내 받으며

고속도로는 연회색 안개 속에 우수에 잠겼고
촉촉한 도로 위 차선들마다 차들은
물보라 휘날리며 쏜살같이 달린다

긴 도로 여행도 지겹지 않은 이유
인생길을 알려 주는 듯
너의 직선 손금들 사이로 이리저리
달리고 달리게 하는 너의 명령

불꽃 축제

불이 꽃이 된다
검디검은 허공 속에
불티가
퍼지고 날리고 솟구치고 쏟아진다

세상의 모든 아름다움 중
너가 마음껏 기쁘게 할 수 있는
세상의 무늬와 도형들
꿈들이 불 비 속에서
새롭게 감탄스레 탄생한다

그 아스라한 별나라 심연 속
은하수와 유성들도 불러내어
작렬하는 불빛 속에서
지상과 바다와 우주가
하나되게 하여 큰 함성을 자아낸다

불똥은 쉬이 사그러지나
해와 달과 별과

불꽃도 사는 이 행성에서
꿈을 한가득 가슴에 고이 담아보자

나와 그대,
우리 모두는 이미 불꽃인 걸 어떡해

슈퍼 문

오늘은 보름을 맞아
크디 큰 달덩어리 은은한 낯빛으로
도시의 하늘 위
애드벌룬 같이 두둥실 떠있네

머나먼 별나라 찾아가는
우주의 둥근 입구인 듯
두둥실 도시와 눈높이를 맞추네

어린 왕자가 살던 달나라의 영토여!

밤이 깊어갈수록
도시의 보금자리들은 불 꽃밭을 이루고
커다란 달은
우리의 소원을 담을 듯
땅에 가장 가까이 내려오신 하늘 손님같다

어릴 적 어두컴컴한 고향의 밤길
엄마 등에 업혀 두런두런 울려오는

등 메아리 얘기 들으며
달빛에 싸여 포근했던 시골길 밤 풍경은
이제사 내 마음 두드려 울림을 주는 듯

하늘에는 차츰 차츰 흘러가는
달나라 영토의 친근한 비행으로
지금 땅의 불 꽃밭들도 달빛 속에 안식한다

영화 속 이티의 손가락과
내 손가락과도 맞닿아
작은 불꽃을 튀길는지

꿈을 위한 비행

- 타이페이 기행

1.
꿈을 가진 자는
하늘을 날아 보아야 한다

철새들이 무리 지어
대양을 건너 먼 비행을 하듯

비행기가 고도를 높혀 가며
속도를 가속해 목적지로 가듯

먼 이국의 기후 속에서
사람을 만나고
그 문화 문물을 보고 느껴야 한다

2.
일만 피트 이상 하늘에는
영하의 맹추위 속에 구름도 얼어있다

어릴 적 하늘은 꿈과 동경의 낙원

푸른 창공은 우주의 바닷 빛깔로 고요하다

하늘을 날며 어릴 적 떠나보낸
꿈과 동경을 가슴에 주워 담아보자

꿈은 하늘 속을 가로 질러
먼 이국 친구와의 만남에서 피어난다

3.
높디 높이 나는 비행기 창밖으로
두리두리 하늘을 살펴보자

이제 꿈과 동경을 다 땄다면
그것들을 지상에 심고 키워 봐야지

이것은 마치 구세주께서
인간 세상에 오셔서 천국을 가르치셨듯이

꿈을 위한 비상은 결국 하늘을 거쳐
지상에서 사랑으로만 이루어지는 것을

우리도 고요히 지상에 안착해야 한다

별들이 떨어진다

오늘 아침 신문에도
유난히 별들이 제법 떨어졌다
여든과 백세 미만 사이다

유명한 소설가, 대학자, 예술인들
나름대로 선이 분명하나
공적이 그래도 두드러진 분들

지금은 가을이다
내 나이와 견주어 보면
내가 살아갈 나머지가 나온다

어린 시절 밤하늘 유성의 빛 꼬리는
퍼뜩 스쳐 지나가는 듯 했으나
참 아름다웠다
나도 가을이다

쓰린 야시장에서

타이페이 야시장에 불이 켜지면
레온 불빛 아래
여러 먹거리 익는 냄새

골목 양쪽 빼곡한 먹거리들
야시장 한 바퀴 돌면
대만의 과일들, 먹거리도 향기롭다

골목마다 제각기 각양 음식들
망고 빙수 야외식탁에서 먹으며
오가는 사람들 구경도 즐겁다

어둠이 깊을수록 현란한 불빛에게
나도 야시장 다녀간다고
눈 도장 찍는다

겨울 목단강의 노래

십일월말 목단강 공항에 내리자
칼바람이 얼굴을 감싸며
포옹한다

널다란 풍경 멀리 줄이어 서있는
가로수들은 연한 갈색 코트를 입고
손짓하는 듯

차창 밖 목단강 어느 지류는
허연 얼음 얼굴 하늘 향해 내보이며
고요히 누워있다

너 목단강아!
지난 세월 묵묵히 동북아 평야를 적셔 달리며
한민족 선조들의 눈물과 한숨도
고이 품고 있느냐

* 목단강(牧丹江) : 백두산에서 흘러내려 중국 흑룡강성 목단강시로 흐
　　　　　　르는 강

|제4부| 하늘 신앙

꿈결 기도

잠결에 기도가 술술 나와
그 곳에서 드려야 할
기도가 다 마련되었네

한 자씩 한 줄씩 쓰지 않아도
나도 놀라도록
꿈결을 타고 흘러나온
해맑은 기도의 메아리

감사하며 깨어보니 이른 아침이네
맑고 또렷한 기도의 현존
당신이 나와 함께 하신다는
증거

꿈결 기도는
정수리로 내려와 아침이슬로 영롱한
하늘의 은택이어라

시간

소리가 시간의 흐름을 타고
눈 앞에 머물렀을 때

이어서 소리가 전율이 되어
심장을 뛰게 만드는 때

이땐 소리가 깨달음이 되고
밥이 되어
위장에서 소화되는 것을 느낄 때이다

소리를 싣고 온 몸에 도달한 시간은
고요히 깃을 내린다

이제사 소리에 쌓인 말씀이
깨달음으로 내 속에 머물러
눈을 맑게 머리를 밝게 한다

이때가 경전의 말씀이 묵음의 소리로
내 영혼의 하늘에 머물 때이다

나중에는 시간이 소리를 품어
무시간으로 영원이 된다

소리 속에 쌓인 말씀이
내 속에 머물러
시간이 흐름을 멈출 때

말씀은 시간을 품어 영원이 된다
영원 속에서 인간은 구원을 받는다

고백

이른 새벽 저를 깨우심은
가장 고요하고 맑은 시간을 주시며
그 고요의 시간에
또렷이 주님의 음성을 듣게 하십니다

이전에 미처 알지 못했던 말씀이
새롭게 보이고
깨달아지는 시간

오직 주님만이 홀로인 나와 함께 계신
그 명철의 시간

말씀이 새벽을 깨워
초롱초롱 맑게 진리를 깨닫게 하심으로
그 깊은 침묵의 시간에 열리는
푸르디 푸른 내 영혼의 이른 새벽

당신께 늘 죄를 고백함으로
심판에서 놓여나고
고요히 주님을 뵈옵는 구원의 자리

오늘도 영적 눈을 열어주시니
날마다 깊어지는 신앙
그 따름의 길에 서게 하소서

목소리

글자에서
당신의 목소리를 듣습니다

부드러운 종이에
활자화된 문장들이
일어나 걷고 뛰며
말씀합니다

그 이전 어느 날 들었든
그 음성은
지금도 내 속에 살아 있습니다

이른 새벽 큐티 시간
글자인 말씀에서
당신의 목소리가 들려옵니다

아득한 그때 하신 말씀이
지금 내 속에서 푸드득 푸드득 살아납니다

당신의 목소리가 들리는 이 시간
나는 푸른 풀밭 위 어린 양이 됩니다

하늘 신앙

하늘은
언제나 머리 위에 있다
이른 아침에나
낮에도 밤에도

당신의 말씀이
내 속에 살아날 때
언제 어디서나
마음의 울림으로 열리는 새 하늘

하늘을 우러러
내려받는 신앙
하늘은
내 마음까지 내려와 생기가 된다

빛으로 내려와 내 가슴을 적시는
당신의 푸른 하늘

예배 시간

은총은
빛살을 타고
눈 감고 묵상하는 내게 환하게
다가옵니다

말씀은
짜릿한 음파가 되어
귀로 울림이 되어 들려 옵니다

은총의 빛살과 진리의 음파가
내 마음 찻잔에서 잘 섞여 녹아지고 풀어져
생기가 됩니다

은혜 안에서 말씀으로
기쁨으로 가득 가득
영감을 내려 가슴이 뛰게 하십니다
행복하게 하십니다

새벽별

동녘 하늘 어둠 속에 빛나는 별 하나
내 마음 속에 기도하는 별로 뜬다

한낮에 높은 우주의 파란 창공에선
은하수 마을에 몸을 숨기더니만

이 새벽엔 머나먼 빛의 여행 끝자락에서
새벽 별빛 줄기로 고요히 눈 맞추며
기도의 별꽃으로 깜빡인다

아침에 산울림 메아리는 야호로 돌아오나
새벽잠에서 깨어날 때
별빛의 지혜로 응답하시는 구세주의 선물

밤새 달빛에 적시고 잘 닦여져서
수정 조각 안에 담긴 무지개 빛깔 기도 같아

아침

아직 어둑한 빛은 의식을 불러내어
아침이 오고 있음을 알린다

지난 잠들기 전의 기억과
아침의 기운이 연결된다
칠흑의 밤 동안 몸살 기운이 빠져 나간 듯
아! 감사하다

아침 묵상으로 영혼의 아침을 열어야 한다
바이러스에 삭신이 쑤셔 녹초가 되는 약한 육신
이젠 안 아프다
그의 하늘과 그 땅을 구해야 한다

원전을 읽듯 본문을 먼저 읽으면
말씀은 내 영혼을 아침 빛으로 불러내신다
아! 감사합니다

물음

물음에는
대답이 필요하다

명 질문에 명 대답
명문우답
우문명답
우문우답

그러나 물음에
답이 없는 경우도 있다

답이 없는 것이
답일 수도 있다

많은 물음들과
아직 찾지 못한 답들과
함께 살아가노라면

어느 샛별이 캄캄한
암흑의 검정을 헤집고 낯 내민 꼭두새벽

눈언저리로 별의 영접을 받고
어느 하늘가 바라볼 때

대답은 내 머리 속에서
별빛의 메아리로 맑게 들려온다

오직 사랑이
사랑으로만

맑음

어린 시절 일기장에 연필로 쓴
맑음
미루어 두었을 때는 흐림인지, 비인지 몰라
에라 막 써두다가
선생님께 들킬라 두근거리기도 했던
맑음

단 하루의 기상을 적어놓는 맑음
실제 맑음만 계속되지 않아
때로 비, 흐림, 우박, 눈을 적기도 했지

누렇게 빛 바랜 일기장
하 많은 세월 얼마나 지났는 데
나는 오늘 맑게 살아가고 있는가?

내 영혼과 삶에
흐리고 추적추적 비 오고
번개와 천둥소리에 놀래며
우박 같은 날벼락이 머리를 때린 날도 있었지만

가야할 그 맑음의 길
맑게 살아야 한다

말씀에 주의하라

나는 졸면서
말씀을 놓치고 듣는 척 했던 적이
없지 않았는가!
학창 시절 공부 못하던 학생처럼

때로 설교자를 빗대며
말씀을 흘려 들을 때가 있지 않았는가?
어린 시절 청개구리 같이

내가 아직 온전하지 못한 이유
소원과 기도 응답을 다 못받은 까닭
이제사 알 것 같네

그 분의 말씀을 말씀답게 대접하니
저를 저답게 빗어 가시는 말씀
고요히 지상으로 내려와 자리잡는
푸르고 환한 하나님 나라

늘 말씀에 주의해야 한다

유월 소망

무더위 속에서라도
빨간 장미 보며 주님 핏빛 사랑
가슴에 담게 하소서

얼음산 만년설 같은 설빙 속에
시원하고 달콤한 주님 사랑
숨어 있네

장마 비 오면
산천초목, 논밭도 해갈되고

물길 잘 열려 풍수해가 잠잠해진
들판에서 어린이처럼
찬미하게 하소서

가을에는

가을에는
풍요로워지게 하소서

저의 영혼
가장 작고 낮은 것들에서
가장 높고 찬란한 것들에 이르기까지

더 이상 바랄 것이 없는 지복至福의
가장 영적이고 정신적인 것으로만

청명하고 초롱초롱해지는
맑은 마음의 하늘만으로도
즐거워하게 하소서

수요 예배

수요일은 한 주간의 중심
중심은
균형을 위한 무게 중간이다

앉은뱅이 양팔저울의
왼 접시에는 주일, 월, 화요일이
오른 접시에는 목, 금, 토요일이 얹혀져
시이소처럼 흔들흔들 움직인다

사람은
중심이 변해야 성숙한다

주님은 중심을 보시는 분
수요예배에서 중심을 잡는다

새벽 어둠 속에서

빛이 없으면
방 안은 깊은 어둠으로
고요만 가득할 뿐

내 마음의 방에도
환한 빛이 필요하다
찾고자 하는 것을 찾을 수 있도록

하지만 대낮에도
나는 얼마나 허둥대는가
찾아야 할 것도 제때 찾지 못하는

어둠을 어둠으로 볼 때
빛이신 그 분 불을 밝히시고
찾아가는 그것을 갈고 닦게 하신다

허상

유리창에 비친 허상은
희미하나 색상도 있고 움직이기도 한다

그것은 등 뒤에 있는 실상에
환한 빛이 있기 때문이다

빛이 있는 곳에 실상이 있다
그 곳에서 소리와 향기가 나온다

우리가 기도하는 이유
허상을 통해 실상을 찾아가는 반전
바로 신앙의 여정

머무름

어릴 적 길 가다가
어떤 길목에서 넋을 잃고 무엇을
바라본 적이 있습니다

이른 새벽
말씀의 길목에 들어서서
시간 가는 줄 모르고
깊이 깊이 빠져 듭니다

이전에 미처 몰랐고
알고 있었으나
이게 이런 것이었는지
하늘 문이 열렸습니다

말씀 가운데 머무릅니다
계속 시간 가는 줄 모르고
머무릅니다
이게 영생인가 봅니다

은혜의 빛이 점점 밝아지고
마음엔 기쁨의 씨앗이 뿌려집니다
신앙이 자랍니다
사랑이 자랍니다

고향 교회

무화과 익어가는 담벼락에
풀들이 자라나고
우물가 오동나무 그늘에서
철없이 노래하고 시를 짓던
내 어린 시절 자라던 고향 교회

때로 알 수 없는 동경이
새벽 어슴프레한 샛별 빛 되어 나를 깨워
산등성이 올라 계곡을 향해
야호 야호 산울림하고
구비돌아 내려다보던 고향 교회
아침 십자가여!

때로 소년의 가슴 옹골차질 때
뭉게구름 잡을 듯 산줄기 타고 오르면
꽃구름은 주님 눈길인 듯 내려다보고
까투리 푸른 풀섶 보금자리 모른 척하고
해질녘 큰 바위 위에 올라
주여 주여 무릎 꿇던 내 어린 시절
고향 교회 뒷동산이여!

응어리진 무언가 아픈 가슴 있어
감히 성전 안에 갈 수 있나 싶어
교회 입구 흰 석회벽에 이마대고
한없이 흐느껴 불렀던 이름
아버지! 아버지!

함께 자랐던 옛 친구들, 선후배들
깊은 밤 뭇별처럼
바닷가 금모래알처럼
다 영롱하고 곱기도 하지만
아직 소식 모르는
아득한 기억 속의 그대들은 어디에

다시금 옛 동산
굽이굽이 산허리 돌며
성탄 캐롤 불렀던
그 아득한 불멸의 작은 신앙을
기억하시는 분 계시느니

아! 우리 영혼의 못자리
고향 교회여!

가을 감사

1. 감사절을 기다리며

남으로 만리 공원
서쪽으로 뒷산 아래 산비탈 골목 동네마다
나무들 많아 새들이 노래하는
우리 교회 동네 마을에도 가을이 왔네

이제 아침이면 서늘하고 청량한 바람
산기슭 타고 골목길 돌아
교회 마당에서 단풍나무를 어루만질 때

산수유 붉게 익고 대추가 여물어가는
교회 뜨락엔 노오란 국화, 보랏빛 옥국
파아란 가을 하늘 바라보며
익어가는 내 영혼의 가을 뜨락이여!

지난 동지섣달 이후 봄 여름 가을
우리 한 해의 눈물과 설움과 소담한 성공들이

공원에서 산등성이 돌아 교회 뜨락에서
작은 기도로 저 창공에 피어나고

아침 해맑은 햇살타고
저 높디높은 가장 거룩한 빛의 왕국에서
고요히 고요히 온누리로 내려오는
무지갯빛 하늘의 은총 풍성하다

2. 추수감사주일

가을이 익어가는
내 고향 교회 감사 주일 단상에는
대추 감 포도 배 수박 밤
메론과 귤들도 가지런히 자리 잡고

호박 무 단호박 대파 배추도 나란히
오곡들도 옹기종기 빛깔도 곱게 놓여서
노오란 옥국 향기에 쌓여
가을 들판과 산자락이 모여모여 왔네

내 마음 속 논밭과 산비탈 과수원엔
추수감사의 장식 제단 닮아
봄, 여름, 가을, 비와 햇살과 이슬,
그 사납던 태풍의 여운마저 감사로 여무네

이제는 고향 교회 제단 위로 하늘에서
내려오는 생기의 기운에
우리 영혼의 하늘가엔
무지갯빛 아우라가 떠오르는
눈물이 있고 감사가 있는
우리의 추수감사절

포인세티아

1.
너는 붉게 물들어
애끓는 젊은 날의 사랑을 보여주듯
한 겨울이면 어여쁜 여인처럼
불탄다

성탄이 오는 겨울
너는 교회 강단에
골고다 언덕에서
주님의 핏방울 장미꽃 되었다는 전설로
다소곳이 자리하여

십이월에는
주님의 피에 흠뻑 젖은
핏빛 잎사귀로
예수 그리스도의 수난을 생각나게
오늘 사랑의 영광으로
말없이 빛난다

옛적 베들레헴 하늘 위에
반짝였던 별떨기처럼
다섯 개의 빨간 잎사귀
그것은 동방박사들의 그 뜨거운 열정이었듯
옹기종기 붉게붉게 피어났다

2.
대강절이 오면
강단에서 붉게 타올라
그것은 인류를 사랑하신
그리스도의 심장처럼
가난하고 병든 이웃
가장 낮은 자리를 향한 핏빛 축복으로
우리 모두를 적셔다오

흰 눈이 펑펑 내리든 아니든
베들레헴 구유에 오신

아기 예수님을 기다리며
탄생하심을 맘껏 축하려무나

베들레헴의 별들같이
그 찬란한 구원의 빛깔로

송구영신

한 해 끝날 하오
앙상한 겨울나무들은
모든 잎들을 버렸다
나도 버려야 할 것들
모두 벗어버려야 한다

아직 녹색을 지키는 청솔과
키 작은 푸른 나무들이 타이른다
지켜야 할 것들은 해 넘겨도
잘 가려 붙들라고

헐벗은 나무에 살던
겨울바람 한 모금
허파 깊숙한 곳에서 서늘하게 말한다
빛을 보는 것이 삶의 축복이라고
새해에도 그럴 것이라고

오늘 이 마지막 빛이 저물면
자정의 어둠을 지나

새해의 해돋이 빛은
온누리 밝히리라

신년의 해뜨기
그 빛을 가슴에 담아 보자
나는 세상의 빛이라 하신 주님
버릴 것 버리고 챙길 것 챙겨

아듀 추억, 웰컴 꿈과 희망이여

A letter of floral leaf

I send a floral leaf to you

Even if you don' t know my heart
After I find the most beautiful flower in the world,
Pick floral leaves very carefully
In the garden of dreams

Sending floral leaves to you
Laid on my palm
On the brilliant, clean dishes made of gold or silver
Otherwise in flower basket.

Probably you wouldn' t read my letter of floral leaf
Because it is written only through my inner heart
I believe you would read my letter certainly
someday.

I love your dreams.

All of you dream dreams,

I have engraved your dreams

On the leaves of the most beautiful flowers.

Now I remain this beautiful works

I hope all of you dream dreams continuously.

It is true

That I love your beautiful dreams

And I love you.

희망의 노래, 구원의 시

– 최만공 시집『들꽃처럼 뭇별처럼』

구 모 룡
문학평론가, 해양대학교 교수

진정한 자아를 대면하려는 의지가 시를 생성한다. 성찰하고 반성하는 자아는 늘 시를 품는다. 시를 쓰는 행위는 일상과 세속의 자아를 벗어나 진정한 자아를 구하는 과정이다. 최만공의 시쓰기도 자아성찰에서 비롯한다. 첫 시집『신비한 성좌』의 「시인의 말」을 통해 시인은 오랜 동안 시와 함께 하였음을 고백한 바 있다. 청소년 시절부터 시적 마음을 견지하는 의지를 잃지 않았다. 이미 한 권의 시집을 통해 시와 동행한 삶의 한 과정을 보여주었는데 생활인, 교육자, 신앙인의 표정이 생생하다. 시인이 예순을 맞는 시점에 간행한 시집이다. 첫 시집을 경과하면서 시인은 나름의 시학을 제시한다.

제게 있어서 시는, 구약의 예언자들이 시인이었듯이, 인간 구원의 그릇이자, 그 그릇에 담을 지상에서의 인간의 사유와 진선미에 대한 실천의 심상과 같다고 생각합니다. 그리고, 내가 하는 모든 행위 중 시적 사유와 통찰과 작업은 인간이 가진 모든 것들 중 가장 소중한 것을 정제하고 갈고 닦아 함께 나누는 귀중한 보물을 빚는 과정과 같다고 생각합니다.(「시인의 말」, 『신비한 성좌』, 4쪽)

이처럼 시인은 대문자 시(Poetry)를 지향하면서 지고지선을 추구하는 시편(poem)을 쓴다. "시는 뜻을 말한다" [詩言志]는 전통적 시관을 실천하고 있다. 구약을 전유한 종교적 입장이지만 시를 대하는 태도만큼은 유가와 멀지 않다. 사유와 성찰의 과정으로 시를 수행하면서 궁극적 관심에 이르고자 하는 시인의 입장은 종교적이다. 시인은 시를 매개로 자연 사물과 생활을 발견하고 마음을 정결하게 하는 염결주의를 놓지 않으려 한다. 두 번째 시집 『들꽃처럼 뭇별처럼』이 자연시, 교단시, 생활시, 신앙시를 4부로 각별하게 배치한 연유도 각각의 층위를 나누기보다 하나의 시적 지향을 향한 갈래임을 의도한다. 각각의 시편들이 만드는 물길은 모두 강물이 되고 마침내 바다에 이르는 형국이다. 그만큼 시인에게 자연과 생활과 교단과 신앙은 분별되지 않는다. 모든 시는 체험시라는 서정의 원리를 전제하지 않더라도 최만공의 시는 시와 삶의 연속성을 견지한다. 삶에 부여한 가치의 위계는 물론 대타자인 신을 향한 염원에 정점을 두고 있다. 하지만 신앙이 모든 시를 통어하는 시적 빈곤을 보이지 않는다. 오히려 종교적인 긍정의 세계관이 작동하면서 사물과 삶에서 희망을 찾으려 한다. 사계(四季)의 유비(analogy)에 따른다면 최만공의 시는 영락없이 봄의 노래에 속한다.

최만공의 시편들에서 여름과 가을과 겨울을 노래한 시편은 적다. 봄으로 기울어진 시인의 마음은 매우 빈번하게 표출된다. 겨울을 이야기하는 경우조차 봄의 예감으로 가득하다. 가령 「겨울 들판」에서 "파란 물가, 초록의 낙토를 향해/아득히 비상하는 봄을 향한 나래짓/겨울 들판에서/나는 새의 가슴이 된다"고 표현한다. 겨울은 봄으로 가는 길목에 불과하다. 압도적인 긍정과 희망을 노래한다. 정작 삶의 구체는 늘 이와 같지 않다. 기쁨보다 슬픔이 많지 않을까? 본디 서정시는 슬픔의 자식이다. 비가(elegy)를 원천으로 한다. 그렇다고 시인이 슬픔을 외면한다고 말할 수 있을까? 그래서 "인고" (「들꽃처럼 뭇별처럼」에서)를 훌쩍 뛰어넘는 긍정의 힘을 주목한다. 이는 시로 쓴 시론에 해당하는 시, 「시를 짓는 일」을 통하여 이해할 수 있다. 이 시에서 시인은 "시를 짓는 일은/복사꽃 활짝 핀/나무 그늘 아래서 기뻐하는 일/아카시아 하얀 꽃 핀 나무숲에 누워/파란 하늘 바라보는 일/여름 장맛비 속을 우산도 없이 걸어보며/그 비 갠 하늘에 피어난 무지개를 찾아보는 일/갈까마귀 외로이 우짖는/갈대 무성한 무덤가에서 홀로 앉아 있어보는 일"이라고 진술한다. 모두 개화의 아름다움과 창공의 무한함 그리고 무지개의 황홀을 찾고 무덤가에서 존재의 고고함을 추구한다. 이리하여 시인은 "죽을 때까지 시와 살아가는 일"을 염원한다. 동경과 사랑, "신앙과 현실과 고뇌"가 찬미의 노래가 되는 지경을 갈망한다. 비극을 생각하지 않는 시인의 시관은 희극의 구조를 지닌다. 힘들고 어려운 삶이라고 하더라도 견디고 이겨나가면 환하고 아름답게 열린다는 생각이다. 시인이 희망과 행복과 구원의 메시지를 믿기 때문이 아닐까? 「겨울 대추나무」는 시인이 지닌 희망의 시학을 직절하게 표출하고 있다.

아침 햇살 메마른 대추나무 쪼이면
코발트 빛 겨울 하늘 향해 아른대는
대추의 꿈들이 피어난다

산 계곡에서 달려 내려온 시린 바람
대추나무 가지에서 놀다간 자리
아침 햇살이 줄기와 가지를 보듬어 주면
봄도 대추나무에서 숨바꼭질한다

입춘 지나 간밤에 내린 겨울 비
봄 비 되어 반갑고
겨우내 부르튼 네 살갗에 물약 발라
위로해주나
긴 겨울잠에 졸려 아직 이른 때라고

꽃샘바람 손과 팔, 어깨를 흔들어 깨우는 데
실눈이라도 떠서
겨울이 떠나가는 먼 산도 보고
파란 높은 하늘 산새들의 나래짓도 보렴

저만치 매화의 꽃 웃음과 함께
인고의 긴 잠 봄빛에 눈부셔
조금씩 깨어나는 푸르른 잎의 꿈이여

－「겨울 대추나무」 전문

　이 시에서 겨울은 상황이나 조건으로 제시될 뿐 구
체성을 지니지 않는다. 단지 "대추나무"의 봄을 예비
하는 과정에 불과하다. "인고의 긴 잠"이라고 요약되
듯이 겨울은 봄이 주는 웃음과 환희를 돋올하게 하는
장식적 이미지이다. 그만큼 시인의 시점이 봄의 희망
에 기울어져 있다. "아침 햇살"이며 "시린 바람"이
며 "내리는 겨울비"조차 봄을 증폭하는 이미지들로
동원된다. 이들은 "꽃샘바람"과 같은 존재들이다.

"산새들의 나래짓"과 "매화의 꽃 웃음"이 "겨울 대추나무"에게 "조금씩 깨어나는 푸르런 잎의 꿈"으로 작동한다. "인고"의 고통보다 이어지는 환희에 시선이 가 있다. 이처럼 시인은 봄을 노래한다. 그렇다면 시인에게 봄은 어떤 의미일까? 이미 희망과 환희를 읽었는데 이에 더할 의미는 없을까? 「작은 수선화」는 "꽃 시샘 바람 불어도/아직 언 땅, 덜 풀린 흙더미를 밀치고/함초롬히 제자리 지켜/노란 꽃 피워 지켜내는 곱디고운 너의 진실"이라고 진술한다. "언 땅"으로 비유되는 고난이 있지만 반드시 봄이 온다는 사실을 시인은 "진실"로 승격한다. 사실 사계는 순환하므로 모든 계절에 다양한 의미를 부여할 수 있다. 사계의 신화가 존재하는 까닭이 여기에 있는데 시인은 봄이 표상하는 낙관과 긍정, 희망과 신생의 가치를 부각한다. 이는 교육자로서의 시인과 신앙인으로서의 시인이 만나는 접점이다. 교육자로서 시인은 희망을 말하며 신앙인으로서 시인은 새로운 삶, 신생을 기원한다. 사계 가운데 봄이 중요로운 이치이다. 물론 여름의 노래나 가을의 노래가 없는 것이 아니다. 「상사화」는 "8월 중순 가랑비 내리는 꽃밭에서" 만난 "상사화"를 통해 사랑의 의미를 노래한다. "여름"이 아니라 "사랑"을 매개하는 "상사화"를 시적 대상으로 삼았다. 「처서-가을이 오는 길목」, 「가을 언덕」,「나무」,「추석 날 아침 동산에서」등이 가을을 노래한다. "풀벌레 소리"가 움직이는 마음(「처서-가을이 오는 길목」에서), 가을비에 씻긴 나무를 통해 맑아지는 마음(「가을 언덕」에서)을 노래하거나 "한 해의 고통과 눈물, 아픔들"을 이겨낸 "면류관"(「나무」에서)의 이미지와 만난다. 이처럼 가을은 "원근법으로 나타난 그림이 되어/내 마음에 그려지는"(「추석 날 아침 동산에서」에서) 성찰의 계기이다. 봄에 부여한 의미가 가을보다 더 심대하다는 사실을 이해하기 어렵지 않다.

「제1부 꽃 비 내리는 봄 정원-자연시」의 주조는 「봄 숲」,「봄 호수」,「철쭉의 노래」,「꽃 비 내리는 봄 정원」,「풀꽃의 탄생」,「동백꽃 나무」등이 말하듯이 봄 예찬이다. 시인은 봄을 통해 "마음의 장단"(봄 호수」에서)을 느낀다. 그만큼 생동하는 자연과 동화된 리듬을 얻는다. 경탄과 율동이 봄을 노래하는 시에서 더욱 뚜렷하다. 마침내 "가슴 설레는 봄의 뭉클함이/귓가에 노래되고 눈빛으로 피어나는/청소년들의 낙원, 우리들의 아침 정원에서/봄의 찬가를 부르자"(동백꽃 나무」에서)라는 진술과 만나면서 시인의 봄이 교단의 희망과 무연하지 않음을 알게 된다.「제2부 교정에 살구꽃 피었네-교단시」가 봄 예찬의 주조를 이어가는 사정은 분명하다.

난분은 몸이 가벼워질수록
주인을 부른다

미뤄둔 손길 아차 싶어
아기 다루듯 물을 주면

하얀 마사도
물 머금는 소리를 내며
금방 본래 갈색 낯빛으로
웃음 짓는다

매끄러운 녹색 잎새 옆에
연두색 낯 내민 두세 개 새 촉들이
인사하듯 부드럽다
가슴 속에 움돋는 향기로운 난빛 희망
- 「난에 물을 주며」 전문

"제1부 자연시"에 두어도 될 이 시를 "제2부 교육시"에 둔 연유가 무엇일까? 난을 키우는 과정을 교육에 투사하려는 의도일까? 아마 그러리라 생각한다. 성심과 성의를 다하여 조심스럽게 난을 다루어야 하듯이 학생을 대해야 한다는 의도를 품었으리라. 하지만 시인은 이러한 의도를 전면에 내세우지 않는다. 난을 말함으로써 "가슴 속에 움돋는 향기로운 난빛 희망”을 끌어내는 데서 그친다. 교육이든 신앙이든 생경하게 목적을 진술하는 시는 태작으로 추락하고 만다. 시인은 이러한 곤경을 만들지 않으면서 시의 수월성을 담보한다. 「난향」 또한 교육시로 배치하였을 뿐 “향기 묻어 울려오는 가야금 소리”와 같이 멋진 공감각을 연출하는 난의 향취를 묘사하는 데 바쳐지고 있다. “기름진 난잎 사이 푸른 햇살도 숨을 고르면/꽃대는 가느다란 상사화 줄기 같아라/향기로 맴도는 그리움의 저 편//내 마음 깊은 골짜기 내려앉은/어여쁜 추억의 향기 한 모금/고요히 햇살 타고 방긋 미소 짓는다”로 마감되는 멋의 미학은 시적 대상에 가닿은 느낌(feeling)의 강도에 비례한다. 「교정의 아침」이나 「교정에 살구꽃 피었네」와 같은 시편은 확실히 의도된 “교단시”에 속한다. “봄이 오는 교정”에서 “희망의 기운”(「교정의 아침」에서)을 찾으려는 태도가 역력하고 “교정을 밝히는 분홍 살구꽃”(「교정에 살구꽃 피었네」에서)을 드러내려는 어조(tone)가 뚜렷하다. 나아가 「아침 기도」는 교육자의 소명의식과 기원으로 그득하다. “교단시”의 정점은 시집의 표제시가 된 「들꽃처럼 뭇별처럼」에 놓인다. “까까머리 중학생 시절/자기 반 급훈”이었던 “들꽃처럼 뭇별처럼 피어나자”는 말이 “삼십여년이 지나 오늘/그대 가슴에 그 글자들이/꽃과 별이” 되는 역사를 노래하고 있다.

> 바람부는 넓은 들녘에서도
> 들꽃은 무리지어 아름답고 순수하다
> 은하수 길 옆 밤하늘에서 초롱초롱
> 해맑은 별떨기가 사는 하늘이 정겹다
> — 「들꽃처럼 뭇별처럼」 부분

아름다운 "급훈"을 이와 같은 시의 구절로 변주하였다. 봄의 노래, 희망의 시학이 개입한 멋진 대목이다. 시인의 "교단시"는 "자연시"와 마찬가지로 희망을 말하려 한다. 그래서 "밝아지는 양은 건아들의 미래/행복으로 가슴 쓰다듬는 고운 아침/우리들의 희망이 꽃 피어나는 아침"(「학교의 아침을 여는 사람들」에서)을 노래한다.

자연-교단-생활-신앙은 시인의 시적 신체를 구성하는 유기적 부분들이다. 몸을 구성하는 지체처럼 서로 연결되어 시인의 시세계를 구성한다. 「제3부 잎들의 평화-생활시」를 추동하는 시적 계기는 시인이 지속해온 반성과 성찰이다. 가령 「허리 통증」은 병이 삶을 돌아보는 "통증의 렌즈"임을 말한다. 시인은 이를 통해 삶과 고통 그리고 죽음을 숙고하며 "영생"에 대한 각성에 도달한다. "아직 아픔의 여진이 퍼지는 신경망을 따라/죽음이 내다보이는 가파른 비탈 인근에서/삶은 낯설게 나를 어루만진다." 병자의 광학은 삶을 더욱 분명하게 부각한다. 때론 추억과 회상에 사로잡히기도 하지만(「미포 유람선」에서) 시인의 "생활시"는 행복과 평화를 노래하는 경향이 크다. 그에게 일상의 "평안"은 기도와 믿음에서(「평안」에서) 유래한다. "노트북 불빛 앞에서 또닥또닥 봄의 기쁨을 옮겨봅니다/오늘은 당신께 용서를 구합니다/당신께 기도를 먼저 올리기 전에 먼저 봄을 생각했습니다/봄의 입김같은 언어가 증발할까봐였습니다//그런데 봄을 몰고 오신 분은 당신이었습니다." (「봄이 오는 길목」에서) 이러한 진술이 말하듯이 시인의 일상은 늘 기도와 함께 한다. "당신"으로 불리는 대타자와의 대화는 사람과의 만남이나 사물과의 교감에 앞서 관여한다. 자연의 자발성 너머 이를 주재하는 절대자가 존재하기 때문이다. "얽히고 설킨 것 같으나/진실이 하나이듯/잎들은 평화를 잉태하고 있다" (「잎들의 평화」에서)는 진술에서 만나는 애매성도 대타자의 기입과 연관된다. 이 구절은 단지 유기체의 전체성을 말하는 데 그치지 않으며 "진실이 하나"라는 믿음으로 감싸인다고 볼 수 있다. 「제4부 하늘 신앙-신앙시」와 연계되는 지점이 아닐까 한다.

　시인의 "신앙시"가 내포한 깊이를 가늠하기 쉽지

않다. 「시간」은 이러한 시적 상황을 전해주는 대표적인 시편 가운데 하나다. 가령 "나중에는 시간이 소리를 품어/무시간으로 영원이 된다" 라는 구절을 어떻게 해석할까? 소리를 품은 시간을 달리 말씀을 들어온 시간이라고 할 수 있을까? 이어지는 구절은 "소리 속에 쌓인 말씀이/내 속에 머물러/시간이 흐름을 멈출 때//말씀은 시간을 품어 영원이 된다/영원 속에서 인간은 구원을 믿는다" 라고 진술한다. 말씀의 시간이 영원이 되는 구원을 말하고 있으나 섣부른 설명을 췌언이 되게 할 공산이 크다. 한 가지 분명한 의미의 연쇄는 희망이 영원과 이어지면서 구원으로 귀결한다는 사실이다. 확실히 의미의 비약을 감내하는 신앙의 문제가 내재해 있다. 시인은 이러한 신앙을 "기도" 로 "당신" 과 대화하고(「꿈결 기도」에서), "고백" 으로 "영적 눈" 을 얻으면서 "구원의 자리" 를(「고백」에서) 찾는, 과정을 통하여 보여준다. 소리와 목소리를 듣는 행위는 직접적이다. "당신의 목소리" 를 들음으로써 주체는 "푸른 풀밭 위 어린 양" (「목소리」에서)과 같은 존재로 거듭난다. 기도 가운데 만나는 대타자의 목소리는 존재의 전환을 이끈다. 시인의 "신앙시" 는 이러한 행위의 재귀적 반복이다. 시인에게 기도와 예배는 항상적인 "생기" (「예배 시간」에서)의 원천이다. 시인은 자신의 삶을 "내 영혼과 삶에

/흐리고 추적추적 비 오고/번개와 천둥 술에 놀래며/ 우박같은 날벼락이 머리를 때린 날도 있었지만/가야 할 그 맑음의 길" (「맑음」 에서)이라 진술한다. 궁극의 염결주의를 말하고 있다.

「슈퍼 문」 이나 「고향교회」 는 시인의 유년을 상기하는 시편들이다. 상실의 회한과 행복의 추억이 공존하는 고향을 이야기한다. 시인의 내면에 자리하는 "영혼의 못자리/고향 교회" (「고향교회」 에서)는 존재의 버팀목이자 거멀못이다. 또한 시인의 시인됨을 추동하는 시적 거처이다. "어릴 적 어두컴컴한 고향의 밤길/ 엄마 등에 업혀 두런두런 울려오는/등 메아리 얘기 들으며/달빛에 싸여 포근했던 시골길 밤 풍경은/이제사 내 마음 두드려 울림을 주는 듯" (「슈퍼 문」 에서)하다는 시구가 던지는 의미는 중요하다. 유년으로 돌아가는 의식과 그 한 가운데 자리한 교회는 시인의 시세계를 지속하는 물줄기에 가깝다. 한데 아쉽게도 유년 시편이 드물다. 이제 더 많이 유년을 말하면서 삶의 구체적인 풍경을 그려도 좋겠다. 그럴 때 시인의 시가 더 생생한 이미지를 얻고 생동하는 율동을 획득할 가능성이 크다. 훌륭한 교육자–시인으로서 정년을 맞으면서 한 세계를 시집으로 정돈한 시인의 자세에 경의를 표하며 글을 맺는다.